La chasse au secret

CHRISTINE PALLUY

ILLUSTRATIONS
DE CLAIRE LE GRAND

2

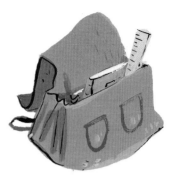

Chapitre 1

Un soir, Lou trouve un papier
dans son cartable. Vite, elle le déplie.
Plus elle l'ouvre, plus il **sent bon**
le secret. Enfin, elle lit le mot
écrit avec un feutre violet :

Ma jolie Lou,
Demain, je t'attendrai
sur le banc bleu.
Ton p… ch…

Qui a écrit ce papier ?
Pas son papa chéri,
elle le voit tous
les jours.

Paul Chapi ? Il est trop
bête pour écrire des
mots d'amour.

Dans son lit, Lou réfléchit mais
elle finit par s'endormir.

4

Le lendemain, à l'école, Lou montre
le papier à Ninon.

Ninon sourit :
– Je sais ! « Ton p… ch… »,
ça veut dire « ton prince
charmant » !

Lou est étonnée.
Si elle était une
princesse, elle
le saurait !

Elle veut quand même vérifier :
– Je m'allonge sur ce banc. Si je
suis une princesse, mon prince charmant
va peut-être me réveiller avec un baiser !

À la fin de la récré,
personne n'est venu
embrasser Lou.

Alors Ninon propose :
– Il faut demander à Éva. Elle
s'y connaît en princes charmants !

Dans le rang, Éva s'exclame :
– Pfff ! Les princes charmants n'attendent pas sur un banc !
Ils enlèvent leur amoureuse sur un cheval blanc !

« Ton p… ch… »,
ça veut dire…
« ton pirate chevelu » !
Et je sais qui c'est !

« C'est
Noa !
Ses cheveux
poussent dans
tous les sens,
et il se déguise
toujours en pirate !

Chapitre 2

À la cantine, Lou, Ninon
et Éva s'assoient à côté de Noa.
Il discute avec son copain :
– Je suis content, j'ai
un rendez-vous !
À présent, Lou en est
sûre, le p… ch…,
c'est Noa !

Lou demande à Noa, **l'air de rien** :
– Il est où, ton rendez-vous ?

Noa annonce fièrement :
– Chez le dentiste ! Je vais avoir un **appareil**. Ma bouche va briller comme celle d'un robot !

Zut et re-zut ! Lou aurait bien aimé
avoir Noa comme amoureux secret.

Lou, Ninon et Éva
avalent leur yaourt
et foncent dans
la cour. L'enquête
n'a pas avancé, et cet après-midi
la classe va au zoo.

Ninon réfléchit
à haute voix :
– « Ton p... ch... »,
c'est... « ton
parfait chameau » ?

Non.
« Ton pain choco » ?

« Ton papi
chinois » ?

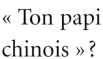

Non, rien
de tout ça.

Alors, Éva s'écrie :
– **Je sais !** « Ton p… ch… »,
c'est « ton pingouin chauve » !
Il est peut-être au zoo.
Lou s'énerve. Ses copines
ne disent que des bêtises.

Mais Éva proteste :
– Réfléchis ! C'est un nom
de code. « Ton pingouin
chauve » est un **agent secret** !

Chapitre 3

Au zoo, Lou et ses copines cherchent l'agent secret.

Soudain, un monsieur avec des lunettes noires s'assied sur un banc.

Ninon chuchote :

— C'est lui !

Alors Lou va lui dire
d'une voix polie :
– Bonjour, mon
pingouin chauve.

Raté ! Le monsieur
se fâche :

– Chauve,
peut-être, mais
pingouin, jamais !

En fin d'après-midi, le car a ramené
la classe. Ninon et Éva sont rentrées
chez elles.

Lou attend toute seule devant l'école.
Elle a presque froid. C'est le jour
le plus nul de sa vie et sa maman
n'est pas là.

Soudain, Lou entend un petit
bruit. Un panier posé à côté d'elle
vient de bouger.

Doucement,
elle soulève
le couvercle.

Ça alors ! Un chaton
pointe le bout de
son nez !

Près de lui, Lou voit un papier déplié.
Des mots sont écrits au feutre violet :

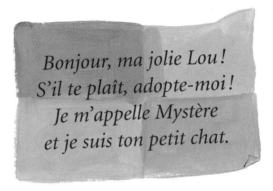

Bonjour, ma jolie Lou !
S'il te plaît, adopte-moi !
Je m'appelle Mystère
et je suis ton petit chat.

Lou saute de joie et prend le chaton
dans ses bras :
– Mais d'où tu viens, toi ?

Lou sourit. Elle a compris : elle vient
de voir Maman, cachée derrière un
arbre, qui l'espionne en rigolant.

Fin

23

© 2010 Éditions Milan
300, rue Léon-Joulin, 31101 Toulouse Cedex 9 – France
www.editionsmilan.com
Loi 49.956 du 16.07.1949 sur les publications destinées à la jeunesse.
Dépôt légal : 2e trimestre 2014
ISBN : 978-2-7459-7181-4
Imprimé en France par Pollina - L68267B